孤貓之家

如果我們沒有遇上

目錄

 《如果我們沒有遇上...》

如果我們沒有遇上・・・

如果我們沒有遇上・・・也許患腹膜炎的夕夕還是寂寞地等待領養。

如果我們沒有遇上・・・也許患有貓愛滋的僖僖還是像從前一樣瘦。

如果我們沒有遇上・・・也許完全不親人的哥哥妹妹不會有人收養。

如果我們沒有遇上・・・也許患有皮膚病的瞳瞳會成為了生育機器。

如果我們沒有遇上・・・也許全黑被說成不祥的豆豉還是沒有人要。

如果我沒有遇上你們・・・

如果我沒有遇上你們・・・我不會隨身帶著貓的零食。

如果我沒有遇上你們・・・我手機的相片會少了三份之二。

如果我沒有遇上你們・・・我不會寫到《我不想做人》這本書。

如果我沒有遇上你們・・・我不會宣揚養貓的快樂。

如果我沒有遇上你們・・・我沒法跟你們說話，分擔生活上的煩惱。

如果我沒有遇上你們・・・我不會全身都是貓毛也完全沒所謂。

如果我沒有遇上你們・・・我無聊時，就沒有貓四處走，讓我呆呆地看著。

如果我沒有遇上你們・・・我在街上看見貓時，就不會像看到鑽石一樣。

如果我沒有遇上你們・・・我沒法吸你們、摸你們，得到了溫暖。

如果我沒有遇上你們・・・我不會跟朋友聊天時，說到貓會滔滔不絕。

如果我沒有遇上你們・・・我工作室還是死氣沉沉，沒有生氣。

如果我沒有遇上你們・・・或者，我已經結束了自己的工作室。

2019 孤泣字

孤貓介紹

1

夕夕

綽號：小霸王
年齡：三歲
生日：3月2日
星座：雙魚座
毛色：虎紋
特徵：大隻(肥)、白手白腳白肚腩。
介紹：家中小霸王與老大，14磅體格
　　　加上長腿，像人類Oppa，攻擊
　　　力強勁，但大多時間和藹可親，
　　　喜歡舔其他貓，大哥風範。會照
　　　顧家中其他貓，喜歡獨處，不爽
　　　時，貓與人也別要接近，不然一
　　　口咬下來。性格演員，不喜形於
　　　色，不愛吃罐罐，只愛吃乾糧，
　　　懶，高興時最愛摸肚腩。

那天，去看我人生中收養的第一隻貓。

牠兩歲，被前主人棄養，然後我問牠：「細路，你一世都要跟住我寫書，你可以嗎？」牠沒回答我，我離開那間房時，隔著兩度玻璃門，牠一直也在看著我。

一直在看著我。

孤泣

「來看看夕夕的跳躍力吧！」

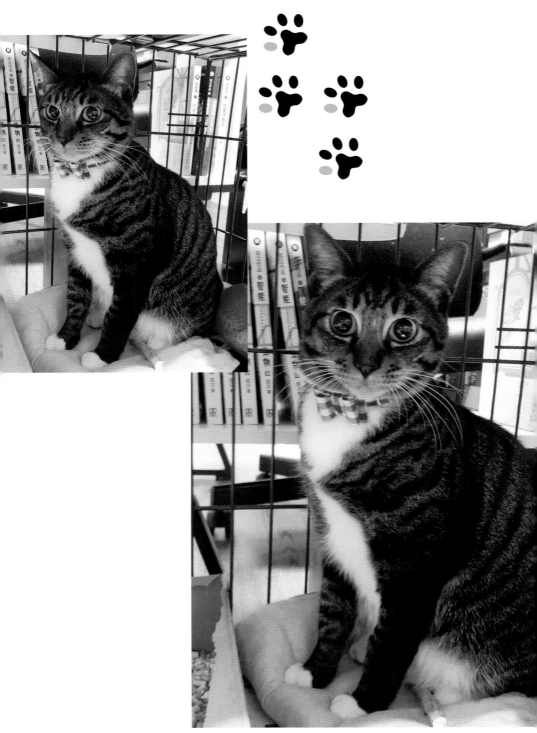

I AM BOSS

　　無論，把你棄養的前主人給你什麼名字，由現在開始，你擁有新的生活、新的夥伴、新的名字，你叫···

　　「嫁夕」，夕夕。

　　孤泣工作室新員工，不，新老闆登場。

孤泣

「快來摸我！摸我呀！」

15

夥伴合照！

タタ x LUFFY

我發現，我暫時好難集中精神寫書，嘿。

好像很好吃，是什麼東西？喵～

タタ最強技能，玩玩下突然睡著了，嘿，我終於有時間寫小說了。

《牠》

　　這隻眼睛上有「黑色戰紋」的貓，他叫嫁夕，你們可以叫他夕夕。而「嫁夕」這個名稱，是我一本《殺手世界》小說中，其中一位已經離開了這個世界的主角名字。

　　在此，我想說一個故事與感覺。

　　一個家庭，因為兩人分開，放棄了四條生命。

　　這就是夕夕前主人的故事，我不想多說別人的決定，我知道，「天」是會看到的。我可以認真的跟「你們兩個人」說，我只是對著夕夕仔數天，已經不想他離開我，真的，我不明白，那一份「狠心的原因」。

　　夕夕有四兄弟姊妹，全部被遺棄。因為兩位妹妹比較親近人類，所以很快就已經有人領養，餘下夕夕跟他哥哥，一直也沒人領養，本來兩兄弟相依為命，但在數個月前，哥哥患上了FIP腹膜炎離開了這個世界，最後‧‧‧餘下他一個，生活了兩個月。

　　可能你會說，為什麼不跟其他貓一起生活？那就不怕一隻貓很寂寞吧？

　　不幸地，義工說夕夕在FIP檢測中，發現他同樣有抗體，不太能跟其他貓一起生活，而且義工說，不知道何時會病發，而且他已經是接近兩歲的貓，被領養的機會很微。

　　第一次見他，他自己一個被隔離在房間，當時，我看到另一間房間很多貓在一起，很強烈的對比，他獨自一個，看著玻璃窗的風景。

　　當時，我問他：「細路，你一世都要跟住我寫嘢，你得唔得？」

　　對，是一世。

　　當他來到十六歲，我到時已經是五十歲，一起生活、一起變老。

　　牠當然沒有回答我，不過我離開那間房時，隔著兩扇玻璃門，牠‧‧‧一直在看著我。

　　一直在看著我。

　　那天晚上，我腦海中不斷出現他的樣子，他那個看著我的樣子，他那個「眼神」，絕對不是在說「請求你收養我！」、也不是「可以把我帶回家嗎？」，不，通通都不是，我一直在想，他究竟想表達什麼？

　　這數天跟他相處，我跟他對望了無數次，我‧‧‧終於知道答案。

　　我終於感覺到「他的眼神」代表了什麼。我就是因為這個我「認為的眼神」，決定收養夕夕。不因他身體有問題、也不因他的年齡、也不因他只是普通家貓，就一個「眼神」，我們開始了一世一起的生活。

老實說，我也曾想過買一隻名種的貓，我不想討論「買貓」是對是錯，但・・・

「領、養、一、定、是、對」。

我跟夕夕說，你將會是很多人會留意的貓，當然，他從來也不會理會這些，但我會。我會用很多愛讓他成長，然後跟很多很多很多很多人說，「被領養」、「被遺棄」的貓也是很值得養育的。更老實的說，我沒能力像各寵物義工一樣，心中擁有「大愛」對所有的動物，但，「你」，一定會是我・・・

「最愛的夥伴」。

我們要一起讓更多人知道，「領養」的動物，也可以快樂地生活。

「他們不要你，我要。」

・・・

・・

・

那天，夕夕那個「眼神」，絕對不是「請求你收養我！」、也不是「可以把我帶回家嗎？」

他的眼神是一種・・・「屈強」。

就算，只得他一個生活，就算，身體上有病毒抗體，他・・・

「還是努力地生存下去」。

那一份「屈強」，就如我們這些總是被小看的人物一樣，代表了「就算多艱苦，也要生存下去」。

無論，把你棄養的前主人給你什麼名字，由現在開始，你擁有新的生活、新的夥伴、新的名字，你叫・・・

「嫁夕」，夕夕。

夕夕，你會很幸福的。

相信同樣「屈強」的・・・奴才吧。

嘿。

「要用一世時間，讓你無悔一生。」

領養不棄養。

孤泣字

C.E.2018宇宙紀元，貓星人準備襲擊孤星書桌。

「很大殺氣！」

「大家要守住最後防線！」

「別要放棄！」

「活下去，才是戰鬥！」

「人類···總要重複同樣的錯誤。」夕夕說。

不幸的，經再檢查後，確實他是有FIP抗體。

義工早跟我說嫁夕有FIP抗體，我不放心，還是帶他去做了一次全身檢查，他的身體非常健康，可以說是人類的運動員一樣。不過，不幸的，經再檢查後，確實他是有FIP抗體。

我有點糾結，想了好幾天，終於想通。

然後，今天我跟夕夕說：「你真的超酷！你的確是與眾不同！命犯天煞孤『貓』，一生註定孤獨！你一出生就是男主角！孤泣的貓是最有型的！」

嘿，我想通了，是「想法」。有些事已成定局，沒法改變，既然是這樣，快樂去面對吧。

他又教曉我領悟到一個「人生道理」，不，是「貓生道理」。

「你寂寞嗎？很寂寞，但你永遠是你故事中的主角，寂寞但有型的主角！」

孤泣字

前日，我跟他說：「哈哈，夕夕你冇啷啷架，太監仔！」
昨日，我整部iMAC被推了落地・・・
今日，我買了個「大啷啷」給他，我們做回朋友了。

兄弟沒隔夜仇，男人，明的，嘿。

夕夕開始對拳王97產生興趣，可惜，他未知輕拳輕腳是哪個掣，未知他喜歡用哪角色，暫時沒法對打。

COOL!

玩到累了就去睡，
真快樂的生活。

GUNDAM
BREAKER!!!

不是說笑，自從，他看過我打拳王97以後，夕夕開始醉心於武術，日日在練拳，擺出各種功夫起手式，他堅定出拳的眼神，讓我們這些少做運動的人類自愧不如。而他眼內的對手，如無意外···是我。

唔該借借呀，夕夕........

我說：「夕夕，我今天要早點走。」然後，他當沒事發生，擋在門前了。

《夕夕的一天》

　　我望著牆上的時鐘，快十二時了，那個該死的奴才還未回到來，想怕她今天也是遲到吧。

　　十二時十五分，外面開始有些動靜，隨之而來是打開門的聲音，那個奴才終於捨得回來。

　　我就站在門口，她一打開門便看到我，打算伸手摸我的頭，而作為高高在上的我，怎麼會那麼容易的讓她摸我的頭呢，而且她晚了回來服待我，我還在生她的氣啊。

　　「喵～！」 我對她叫了一聲，示意她快點幫我拾好我的貓尿盆，而且貓糧都吃光光了，昨晚都給瞳瞳那大吃怪吃光。而且水盆有點髒，是時候要更換了吧。

　　什麼！？她看到我對她喵了一聲，竟然無動於衷，還笑着說：「夕夕，你真可愛呢！」

　　唉...聽不懂貓話的愚蠢人類。

　　對了，我還未自我介紹呢。我是夕夕，是孤泣工作室的大boss。至於為什麼是大boss呢，嗯......其實我也不知道，總之我就是。他們也總是老大老大的叫我，不過說真的，我覺得我大boss這個位置也是當之無愧，你們同意嗎？

員工ZITA字

《夕夕的小秘密》

　　夕夕有個小秘密，這個位高權重的老大，他喵喵叫聲實在令人嘆為觀止！有如一個三歲的小朋友，還要高八度的聲線！

　　每次當有人回來或離開，他都會第一時間跑到門口，要出街！喜歡逛街的貓星人。

　　偶爾當大家都埋頭苦幹地工作時，洗手間會突然有一聲特別響亮而又大聲的「喵～喵～」叫，我第一時間反應很大：「是誰？」，然後其他同事就很自然地問：「是不是夕夕爬樓梯啦？」，往洗手間去看看，真的呢！原來是夕夕跑上樓梯後，會大聲地喵喵叫，叫大家過來看他有多厲害，他爬得高高的！以為他不能下來在求救，當我們來到他面前，他又很輕鬆地跳下來。

　　噢・・・原來他是在表演給大家看。

員工姬雪字

對唔住，其實整件事係我指使。

係，係我要你沖涼。

影評：

演技精湛，把角色演得淋漓盡致，爐火純青，賺人熱淚。

以史坦尼斯拉夫斯基演奏方式「由外到內，再由內去返外」，用簡單的表情，演繹出「無辜」、「震撼」與「憤怒」三個不同層次。

嘿～～（我奸笑）

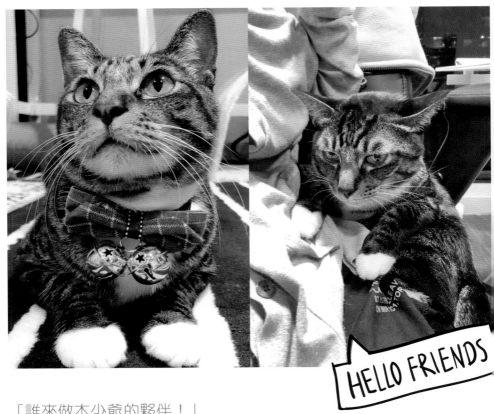

HELLO FRIENDS

「誰來做本少爺的夥伴！」

想替夕夕找個朋友。

每晚，我在家寫到凌晨三四點，打開CAM看夕夕，他一個在自己玩貓棒，玩一玩就會走開，也許是因為沒有人跟他玩，牠放棄了。我感覺到···「那一份寂寞」，真的，因為我寫小說凌晨一個人時，都有這一份寂寞的感覺。

因為夕夕有FIP的抗體，我再三向醫生查詢，如多養一隻貓最好是成年的貓，因為抵抗力比較好，不會容易傳染，而且有很多例證，有FIP抗體的貓也不一定會病發，夕夕身體非常健康，而且超級強壯，所以我想了很久，決定再領養多一隻大約兩歲的成年貓。

「孤泣工作室」願意為無家可歸的貓，給牠一個幸福的家，而且夕夕在被領養之前也曾跟其他的兄弟姊妹相處過，會比較容易接受其他的貓。

《我不知道你的生日日期》

因為，領養的成貓沒法知道他的真實生日日子，所以，領養的第一天，我就定為他們的「生日」。

夕夕，三歲生日了。

2018年3月2日，我人生養的第一隻貓。

還記得，第一次見他，他自己一個被隔籬在房間，當時，我看到另一間房間很多貓在一起，很強烈的對比，他獨自一個，看著玻璃窗的風景。當時，我問他：「細路，你一世都要跟住我寫嘢，你得唔得？」

牠當然沒有回答我，不過我離開那間房時，隔著兩度玻璃門，牠‧‧‧一直在看著我。

一直在看著我。

夕夕的那個「眼神」，絕對不是「請求你收養我！」、也不是「可以把我帶回家嗎？」

他的眼神是一種‧‧‧「倔強」。

就算，只得他一個生活，就算，身體上有FIP腹膜炎病毒抗體，他‧‧‧

「還是努力地生存下去」的倔強。

然後，我決定帶他回家了。

就這樣，一年過去。

就因為夕夕，我收養了另外五隻貓，如果當時我沒有選擇養他，也許這個「孤貓」大家庭‧‧‧

「根本不存在」。

他成為了孤泣工作室的大哥，當有新貓來的時候，他的反應是最大的，最初，我以為他不喜歡別人佔了他的地方，不過，慢慢地，我發現根本不是這樣，他是想跟他們貓說：「這是我的地方，我是你們的老大，所以‧‧‧我會保護你們。」

每一次加貓，是每一次，新貓來到不到一星期，他就會開始替其他貓舔毛、會讓其他貓取暖、會讓細貓先吃，他根本就不討厭他們貓，而是在‧‧‧

「保護他們」。

夕夕裝作很嚴厲，其實他暗地裡很喜歡他們。

最有趣的是，除了貓，他同樣很愛我，嘿。

其他同事抱他時，他也會不耐煩，只有我，他才會安心地給抱。他每天回來時，都會走到門前接我，然後讓我摸摸他的頭就走開，他每天都會聞聞我的嘴巴、他每天都會睡在我身邊的貓床上、他每天都會跟我對望，就像我第一次領養他時，一直在看著我。

而這些事，他都不會跟其他人做，就只有我。

我知道，他在想什麼，我是知道的。

他是在想···

· · ·

· ·

·

「這是我的地方，我是你的老大，所以···我會保護你。」

嘿。

雖然，我不知道你的生日日子，不過···

兄弟，一起變老吧。

「夕夕，生日快樂。」

孤泣字
3月2日
2nd March

僖僖

綽號：厭世臉
年齡：三歲
生日：4月16日
星座：白羊座
毛色：全黃
特徵：厭世眼神、粉紅色肉球
介紹：少數女性黃貓，超級黏人，陌
　　　生人五分鐘內混熟，因曾經街
　　　邊生活，下雨行雷閃電時會躲
　　　起來。最愛踏鍵盤與在人腳邊
　　　磨蹭，會自己反肚給你摸，然
　　　後咬你。身體健康時是超級吃
　　　貨，一天有八小時肚餓，其他
　　　十六小時睡覺，活潑好動，任
　　　何逗貓棒也是她的目標。

第一次見僖僖，很瘦，而且鼻子也受傷了。

當僖僖第一次遇上了
夕夕，快來看啊！

「僖僖，嫁給阿夕好嗎？」
我的價值，就是嫁夕。

孤泣工作室新女秘書，僖僖，大家好。

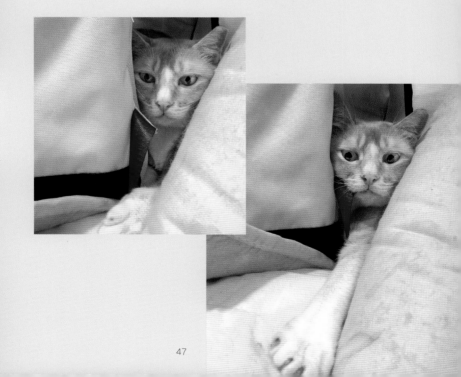

😺 《病貓之家》

今晚沒有寫小說，我在思考著「生命」的問題。

今天帶新貓成員回工作室，身體檢查之後，不幸地，僖僖原來也患有夕夕一樣的病毒抗體，而且還有患有貓愛滋(FIV)，或者，孤泣工作室就是「病貓之家」，嘿。

有很多領養的人會對「病毒抗體」很反感，然後，有很多患有抗體的貓，會被忽略，從而失去了被領養的機會。的確，當我未了解之前，都有這感覺，任何人當然想領養一隻健康的貓吧？不過，在外流浪的貓，其實是很難避免不患病與不被感染，他們身體上有抗體，從來也不是他們想的事。

「他們沒有得選擇。」

在動物診所。

很好的義工姐姐說：「我OK的，你們不領養也可以，我是明白的。」

然後，我想了一想：「不，我會領養，因為我相信···『第一眼的緣份』。」

我不知他們兩個可以生存多久，會不會比其他貓早死，但我可以肯定···

「至少，他們不需要死在惡劣環境之下，要死，他們都是死在我的懷裡。」

幸福地死在我懷裡。

「他們沒有得選擇，但···我有。」

這就是，夕夕與僖僖的生存故事。

孤泣字

夕夕是走暖男路線，而僖僖是性格路線，看她的
眼神就知道了。我大約了解他們的「貓性」，貓
的基本屬性。

女生們，其實，只要每天躺著，然後穿一件寫著
「瘦」字的hoodie，要瘦的，自然會瘦了。

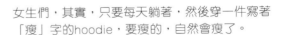
孤泣之「你追我诼」之追诼戰！

這傳鼠鼠真好吃！

粉紅色肉球！

哎呀！
被發現了...

54

《熱情的僖僖》

　　僖僖是孤貓的第二位隊員，聽說她還沒來之前已經生了幾胎，但她的身軀比平常的唐貓細小很多。第一次見她的時候我還以為她只有半歲左右，當我知道她已經為人母時相當驚訝。

　　她最得寵之處是她相當黏人，她非常喜歡人類，只要你一摸她，她就會躺下來反轉肚子給你搓。但只要你搓她多於三秒，她就會抓著你的手輕咬你一下，實在不知道她是喜歡還是不喜歡（笑）。但每次見她肚子朝天，還是忍不住要去摸摸她。

　　僖僖在孤貓群中是最熱情的一隻貓，不知道她是狗還是貓。當每個人回來工作室的時候，她都是第一時間衝過來門口，喵喵叫的歡迎你，有夠窩心。

　　還有一件事情讓我特別關心，每逢下雨天的時候，僖僖一聽到雨聲都會躲到沙發地下，無論用什麼玩具，零食，罐罐，她都不會出來。可能是以前當浪浪的時候，一到下雨天，她的本能就是找地方躲起來避雨。

員工姬雪字

女神光，妳這個眼神，想讓誰為妳著迷？

BEAUTY ♥

我最喜歡坐在讀者寄來的信上。喵～

不顧儀態的睡姿。

‧‧‧‧‧‧

別盯著我舔舔與睡覺！

我只是跟最初來到孤泣工作室的時候，肥了一點點而已。 喵～

「我最喜歡睡覺，睡在奴才的袋上。」

很肚餓呀！
有罐罐吃了嗎？

你看我睡在一隻更大的黃貓貓之上！

「超兇的搓奶技巧！」

哥哥

綽號：躲避王
年齡：一歲半
生日：1月23日
星座：水瓶座
毛色：黑白
特徵：長尾巴、乳牛毛色
介紹：天生可愛鬥雞眼，家中經常被
　　　欺負，有點笨，同時也是其他
　　　貓最愛舔毛的貓。怕事怕人沒
　　　膽，最愛吃罐罐，當罐罐出來
　　　時，不斷喵喵叫，任何仇怨立
　　　即冰釋前變成「人類最好的朋
　　　友」，晚上活動生物，沒人的
　　　時候會四處走，看破紅塵、與
　　　世無爭。

相親相愛

　　我在想，如果有能力，再幫助多一兩隻等待領養的貓貓吧，給他們一個快樂的生活，最多我買少一兩對波鞋、少去一兩次高級餐廳。

　　嘿，我知道，是值得的。

　　孤泣工作作新成員，哥哥、妹妹。

　　領養，不棄養。

　　孤泣

哥哥

妹妹

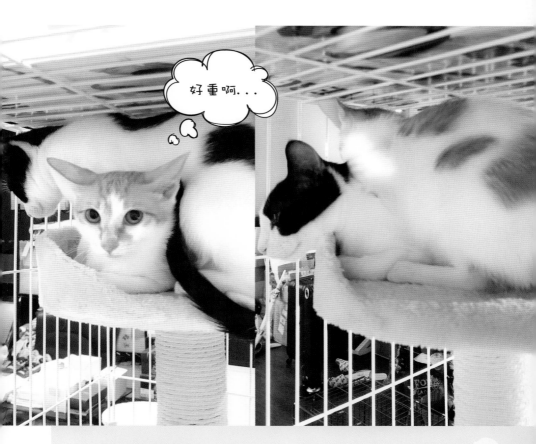

你磧下我~ 我磧下你~
共赴患難絕望裡緊握你手~
朋友~

BROTHER & SISTER

"我捉！我捉！我捉！
　其實這是什麼？"

我們是新來的···黑貓社會！

我在睡眠，你
在拍什麼？
喵喵~

黑與白。

蛋...蛋...

男人最痛的時候···

絕育的幾個月後，哥哥又變回
一個男子漢！笨笨的男孩！

"妳又來欺負我嗎？"

你看看我妹在做什麼？

我擁有別人沒有的保護色，喵～

瞳瞳~
妳快點長大吧...

然後我就可以當妳
做枕頭來睡了。

《躲避王哥哥》

　　哥哥和妹妹的加入，他們兩個本是相依為命，但不知道為什麼他們見人就跑，只能跟其他貓貓相處。

　　哥哥還好，如果他睡著了的話你去偷偷摸他他也不會反抗，還有拿罐罐出來，叫得最大聲就是哥哥了，他的聲線非常低音及長氣（笑）。

　　哥哥是一隻最不活潑的貓，當我們左手右手都拿著逗貓棒揮動，其他孤貓都按捺不住過來玩耍，只有哥哥把貓棒放在他眼前動來動去，他都不為所動，很有性格。

　　意外地這個躲避王，在洗澡及吹毛的時候，都是最安靜，最乖巧的一隻。讓人忍不住又要拿罐罐來獎勵他。

員工姬雪字

"我是高高在上的
「鬥雞仔」！"

"我可以出去嗎？
奴才。"

4

妹妹

綽號：破壞王
年齡：一歲半
生日：1月23日
星座：水瓶座
毛色：黃白
特徵：無辜眼神、體型細小
介紹：破壞力驚人，壞事做盡，然後裝
　　　出一副無辜樣，非常可愛。眼睛
　　　左右有一條長眼線，樣子非常可
　　　憐。超級怕人，朋友拜訪，不會
　　　見到她的出現，看見她也沒法接
　　　近。喜歡跟貓玩，最愛粘在夕夕
　　　身邊，男貓殺手。

外面的世界很灰暗，人類的社會太複雜了，你們就留在這裡生活吧。孤泣說

你看我多可愛～

《愛玩捉迷藏的妹妹》

　　孤泣工作室裏總共有六隻小貓，但人們來到，總是只會看到五隻，有一隻總是會神秘消失的。明明上一秒還看到她在窗台邊睡覺，下一秒有客人到來，就在開門的一瞬間時間，她就離奇消失了。

　　起初我們都對妹妹的神秘消失感到不習慣，經常花上很多時間找她出來。但明明工作室不大，而且四方形的格局基本上一眼就可以看完，真不知道她那裡有地方可以藏，而且找上半天也找不到她的行蹤。這樣的神秘失蹤事件發生了數十次之後，我們都開始慢慢習慣了。

　　「妹妹又不見了！」

　　「不要緊的，沒人她就會出來。」

　　「也是的。」

　　我們的妹妹就是一隻這樣充滿神秘感的小貓。

員工ZITA字

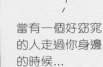

當有一個好窈窕
的人走過你身邊
的時候...

我最喜歡就是偷看你！
喵喵~

妹妹的成長日記。耳朵沒有大過，但肥了高了，還多了憂鬱的眼神。

"我喜歡夕夕黏我啊～"

《妹妹的少女心》

　　妹妹實在太怕人類了，但以我所知她還沒成為孤貓之前應該都沒有給人類虐待過，但可能這才是貓吧。身手敏捷，孤貓成員之中就她速度及敏捷最厲害，完全是一隻忍者貓。

　　妹妹的叫聲不像女生呢，有時候自己無緣無故地躲起來，然後一直喵喵叫，要大家去找她。但找到她以後，她又立刻逃走，其實，她是想跟大家玩躲貓貓了吧？

　　雖然聲音不太淑女，但她肯定是一隻女貓，因為她就只親近男貓呢！常常用頭用身體去撞夕夕、哥哥，現在豆豉長大成人了，她都會跑過去豆豉身邊跟他撒嬌呢！

　　妹妹一定是暗戀夕夕的！（其實可算是明戀了的吧？）這是我們孤泣工作室三位成員長期觀察後一致認同。

員工姬雪字

妹妹長大後，愈來愈變得
楚楚可憐了。

楚楚可憐的妹妹

你再過來我就把它摔下去···嘿

自從妹妹戀上夕夕之後，當夕夕不理她的時候，就會出現一個「憂鬱」的眼神。

下面會出風，好涼快啊！

想著一個不知道是否想著你的人，就是・・・
想得太多。

・・・・・・

喵~

99

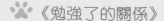 **《勉強了的關係》**

她是妹妹。

只要有朋友來到我工作室，我都會出一條題目給他們。

「一小時內，如果你可捉到妹妹抱在手上五秒鐘而不受傷，我給你港幣五千元。」

大多數的結果，就連第一步「找到她」也辦不到，暫時沒有人可以得到我的五千元，我想，一世都不會有，嘿。

可能有人會問：「為什麼很少見我POST妹妹的相？」

給你一個答案，因為：「她才是真正的貓。」

不親近人、不喜歡拍照，非常敏感，只要有人類接近她就會立即逃走，她可以被「馴化」嗎？我相信是可以，不過，需要的是非常非常多的時間，甚至我覺得是需要放棄自己的生活與工作去跟她相處，才可以一步一步馴化。而問題是，為什麼要「馴化」她？

妹妹讓我想到人類社會的關係。

「有些關係，你勉強去維繫只會更加的痛苦，不如各自有各自的生活，不需要互相擁有，這樣，兩個人也過得更舒服。」

她有她快樂的生活，我有我自己的忙碌，只要她快樂的生活下去就好了，我不用打擾她，當然，有時會想起她，很想跟她說一句「好久不見」、「別來無恙」，不過，也只會把說話埋藏在心中，因為我知道，她未必跟自己的想法一樣，希望同樣跟我說一句「好久不見」。

我說的是‥‥‥貓。

或者是人，嘿。

所以，最後一句‥‥‥

「有些關係不用勉強，愈是勉強愈會受傷。」

我看看手臂上還未散去的貓爪痕，苦笑了。

孤泣字

"藍藍的晴天，最快樂就是舔鼻子！"

偷偷的吻你！

KISS KISS

5

瞳瞳

綽號：大公主
年齡：一歲
生日：7月8日
星座：巨蟹座
毛色：全白
特徵：異色瞳、肥頭
介紹：雙眼瞳孔不同顏色，貓界的公
　　　主，除了豆豉，不愛跟其他貓
　　　玩，每次抱起她時總是不滿地
　　　喵喵叫，叫聲卻非常可愛，而
　　　且不給零食時會使出可憐眼睛
　　　攻擊，人類完全沒法抵抗。非
　　　常八卦，對什麼都有興趣，別
　　　名腫腫、脹脹，愈肥愈可愛。

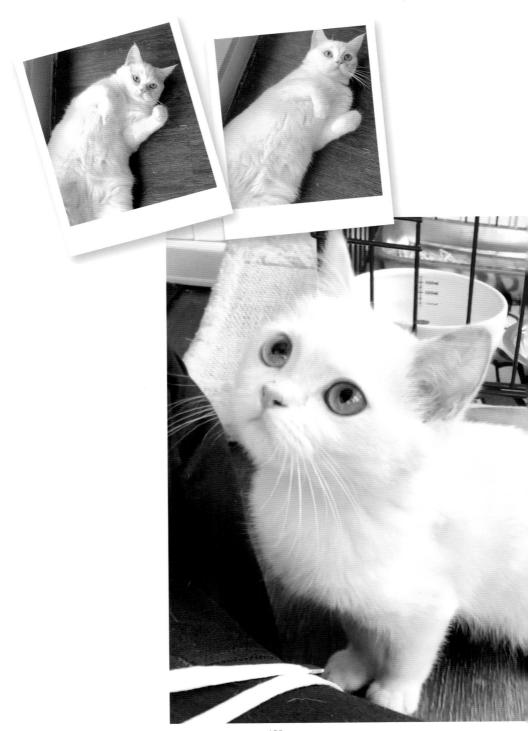

PRINCESS

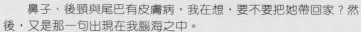

　　鼻子、後頸與尾巴有皮膚病，我在想，要不要把她帶回家？然後，又是那一句出現在我腦海之中。

　　「就算要死，也要死在我身邊。」

　　陪著我寫一世書吧。

　　孤貓家族第五位新成員，瞳瞳。

孤泣

乖乖地，玩紙紙～

好小的瞳瞳。

快來跟我玩！好才！

小時候的瞳瞳

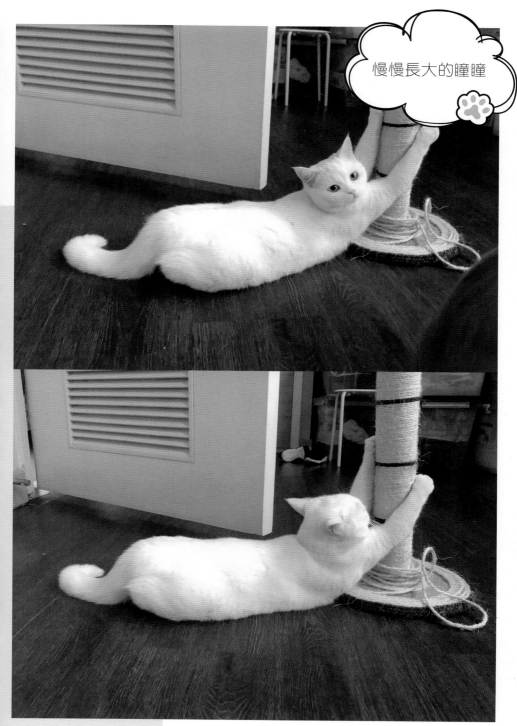

慢慢長大的瞳瞳

我抱著瞳瞳說:「如果,世界上有天使,妳就是天使。」
然後···她一口咬在我的手指上。
好吧,是小妖精。

我是小妖精~ 喵~

瞳瞳：「祝大家人月
兩團圓，好像我個頭
跟雙眼一樣圓！」

我的新衣服好不好看？

《貓公主瞳瞳》

　　瞳瞳的出現，剛把她接回工作室的時候她有皮膚病，性格也特別公主，抱她摸她都不情不願的，會一直喵喵叫告訴你「討厭～」，但卻又很老實乖乖地給貓奴們幫她整理，就是一隻任性又可愛的大公主。

　　她有一個特性，就是每次我們俯身摸她的時候，她的身體都會凹下去，然後慢慢地離開不讓你摸，她愈是這樣，就愈是吸引到我們更加想摸她兩把，哈哈。然後她就會擺著一副臭臉，彷彿在投訴，你摸夠了嗎（傻眼）。

　　瞳瞳不知是否異國風情的貓品種，她除了跟豆豉青梅竹馬之外，她跟其他孤貓都不太會玩在一起，總是喜歡自己一個獨處。但幸好，豆豉的執著，無論瞳瞳有什麼動作或反應，豆豉都會第一時間跑到她身邊看著她，陪著她。超級的兩小無猜。LOVE

　　其實瞳瞳是一隻很活潑的貓公主，她特別喜歡我抽屜裡的紅外線玩具。只要我打開那個抽屜拿東西，她都會第一時間跑過來我身邊等我跟她玩，看著她那楚楚可憐的眼神，完全拒絕不了，好吧。陪妳玩一會，等一下老闆見到我跟妳玩不工作，罵我的話妳要保護我喔（笑）。

員工姬雪字

我最愛的貓窩。

你再說我肥…
我咬你！

快來買奴才的書，
我才有罐罐吃！

瞳瞳：「我可以吃零食嗎？」
我：「不行，妳現在太肥了！」
瞳瞳：「真的不行嗎？」
我：「不行！」

然後，瞳瞳裝出一個快要哭的眼神・・・

我：「好吧，吃一點吧・・・」

人類根本沒能力抵抗。

生氣的樣子也
好可愛

哼，又唔返工唔陪人！

豆豉你快來舔我的大頭！

喂，腫腫，
　我好耐冇放假喇喎⋯

你係唔會明貓諗咩⋯
你係唔會明女人諗咩⋯

Zzz...

6

豆豉

綽號：活潑仔
年齡：一歲
生日：7月30日
星座：獅子座
毛色：全黑
特徵：眼睛圓大、黑色肉球
介紹：完全不怕人與貓，跟任何人與
　　　貓都合得來，是(女性)人類的
　　　殺手，可抱可摸，任何時候都
　　　在享受。非常活潑，而且跳得
　　　非常高，只要逗貓棒出現，第
　　　一個就是見到他。天生樂天，
　　　眼睛長期保持圓圓的，什麼也
　　　不怕，最愛玩水又任人抱抱，
　　　所有貓都可以成為朋友。

第六隻貓將會是我收養的「最後一隻」，他們六個將會陪伴我
未來十多年的寫作生涯。但願有更多人喜歡貓🐱，收養貓🐱。

孤貓FAMILY六號員工兼老闆‧‧‧

「你好，我叫‧‧‧豆豉！」

孤泣

睡覺就別要拍我了，好嗎？

呵呵~

你看我輕輕鬆鬆就穿過了!

我比黑色的地氈更黑就是了。

我終於找到影黑貓的攝影方法，就是···多影幾張，總有張清楚。
豆豉：「都唔錯，影得我幾靚仔，你好快會成為專業黑貓的攝影師。」

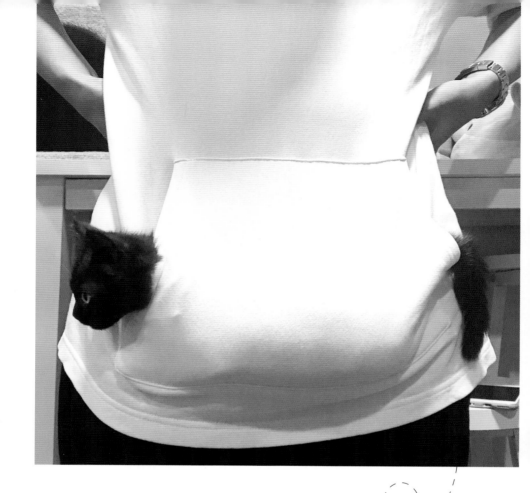

天氣轉涼，多穿衣服，還有，找個暖的地方躲起來。

我們的關係‧‧‧‧

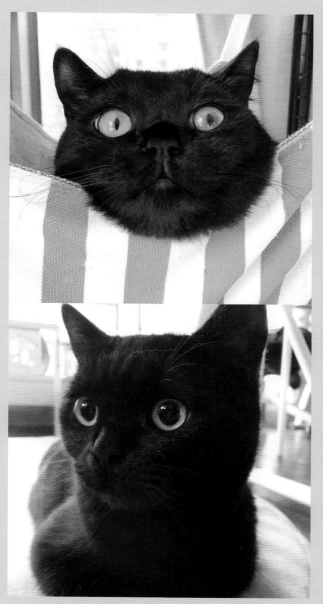

豆豉仔來了兩星期，
我發現，他耳朵就不
斷長大，而個頭跟個
身沒有大過，愈來愈
似蝙蝠了，嘿。

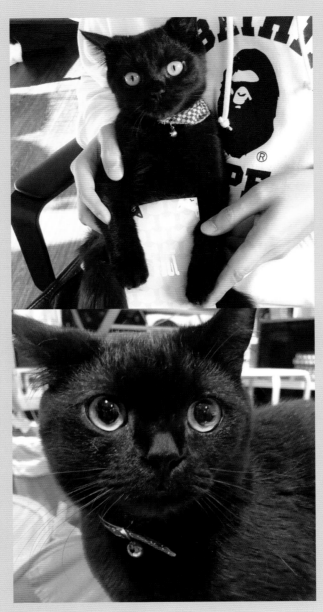

《沒脾氣的豆豉》

　　第六隻孤貓豆豉，真的是最可愛不過啦！一隻小小的黑貓，轉眼間已經長大成人了。但是性格還是很小朋友，特別愛吃，特別愛玩，特別活潑，特別愛撒嬌！無論他跟人類還是貓群都跟大家很容易相處下來，超級平易近人。

　　豆豉是一隻完全沒有脾氣的黑貓，他不會咬人，不會抓人，只會撒嬌，只會黏人，完全是無害性的生物，簡直是人見人愛！

　　一把手把豆豉抱在懷裡，他就像無軟骨生物，整隻貓身托賴給你。

　　當玩耍玩到累了，吃也吃飽了，睡也睡夠了，他會突然走到你腳邊，如果你發現了他摸他兩把，他就會整個反肚子讓你再摸多點。如果你沒發現他，他會聞你的腳指讓你發現他的存在。超級可愛！

員工姬雪字

超可愛~

快帶我走。

豆豉慢慢長大，頭也
愈來愈圓了！

好靚仔~

豆豉臉部比例圖...

#頭脹大了

左面是三個月大，右面是九個月大。

孤貓之生活

《員工跟貓貓的相遇》

記得曾經在貓貓群組裡看過一張有趣的圖片加話語，他說：「最好別在辦公室養貓，因為一直喵喵叫很煩人・・・」當我看到頭兩句的時候就立刻想到為什麼有人會這樣公開自己有多厭煩貓貓呢？但我再看下去，還有最後一句：「・・・最慘不是貓在叫。」我頓時笑了出來。

覺得這幾句話特別有意思，讓我聯想起在孤泣工作室上班，每天真的一直聽到喵喵叫，不論是貓，還是人。

想到這裡自己便會很自然嘴角向上揚，因為自己也是其中一人有份參與這個「裝貓亂叫」的群會。笑。

不知道深愛貓貓的人，養貓的人有沒有這些經驗。當你跟貓貓兩個互相對望的時候，你以為自己跟牠深情對望時，你就會好自然地「喵～」，喵一聲，對面的貓貓沒反應，你會再「喵～喵～」叫多兩聲・・・然後，就是沒然後。

人類「以為」自己能或不多不少「盼望」自己能和貓貓們交流，溝通。

當然，我也不例外。

縱使自己家裡也有養貓，在孤泣工作室也有六隻孤貓，無論工作或在家裡都與貓相處，就真的來說，我很幸福。

初次來到孤泣工作室，每天上班第一件事就是和這六隻孤貓「執手尾」，要有多亂就有多亂，打掃清潔不在話下，最榮幸的是就是剷貓屎！不是普通的貓糞便，是六隻貓的糞便！

終於認識到世俗所謂的「神台貓屎」！

又閉氣去做剷屎官直到現在，我的嗅覺已經純化了。不知不覺間，神台貓屎成為我生活的一部份，剷完後看見牠們的廁所盆乾淨了，想到牠們喜歡的乾淨達成後，也不其然高興了。

可能我本身都有抖M成份，服侍得牠們妥妥當當，就會為此感到高興了。

六隻孤貓都有牠們的身世，其中背後的故事也令人心酸。

一直愛貓如命的我當然會加倍疼愛牠們，牠們很多時候都沒有得選擇，有時實在很生氣為什麼有些人就不能好好善待！這麼弱小的生物？

冥冥中遇上你，就是屬於你和牠的緣份，施比受更有福，盡心盡力為牠們建立一個良好舒適的家，無時無刻都對牠們表達愛意，牠的一生就這樣奉獻給你，又怎能不疼愛牠們呢？對嗎？

員工姬雪字
(待續)

🐾 孤貓之家關係圖 🐾

7個月前

| タタ | 僖僖 | 瞳瞳 | 豆豉 | 妹妹 | 哥哥 |

タタ —— 僖僖　**情侶**

瞳瞳 —— 豆豉　**兒時玩伴**

妹妹 —— 哥哥　**兄妹**

7個月後

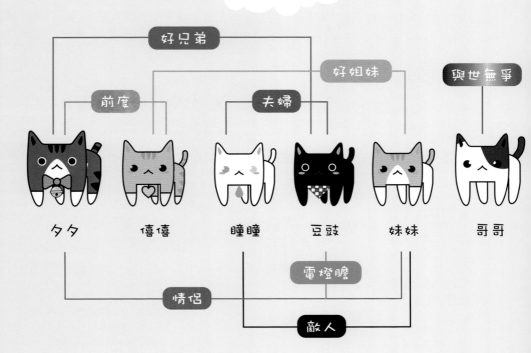

好兄弟

好姐妹

與世無爭

前度

夫婦

| タタ | 僖僖 | 瞳瞳 | 豆豉 | 妹妹 | 哥哥 |

情侶

電燈膽

敵人

《養貓的人》

　　當養貓後，本來是想觀察貓的行為舉動，誰不知，反而是我在觀察自己的行為改變，嘿。我不知道養貓的人會不會跟我很像，但我可以肯定，非常肯定，人類‧‧‧「的確會被貓俘虜」。

　　一、好想了解牠在做什麼，本來想看五分鐘，很快就過了半小時。

　　二、好想分析牠在想什麼，當你以為知道牠想法時，其實亦不是。

　　三、牠睡覺時會偷偷走去看牠睡了沒有，多數走過去牠就發現你。

　　四、買很多玩具、零食等等，結果發現牠比較喜歡膠袋、紙皮箱。

　　五、買了牠喜歡的食物、玩具時，心中會出現奇怪的「成功感」。

　　六、在網上看很多關於貓的資料，加入從來都不會加入的貓群組。

　　七、手機中的圖片，由男女朋友、風景食物最多，變成了貓最多。

　　八、會對著牠自言自語，自問自答，以為牠會聽得懂自己的說話。

　　九、開始盡量不發出太大的聲音，如發出了，第一時間是看著貓。

　　十、有時牠沒精打彩時，很怕牠是生病，其實只不過是牠想睡覺。

　　十一、替牠梳毛時，牠裝出一個舒服的樣子，就會有一種治療感覺。

　　十二、你去理牠時牠不睬你，很不爽，不過很快你又會忘記那不爽。

　　十三、你不解牠明明走過一百次的地方，為何會好像第一次去一樣。

　　十四、當牠用渴求的眼神看到你時，你就沒辦法控制自己會跟牠玩。

　　十五、你開始明白，為什麼別人常說：「喵星人是可以征服地球」。

　　從前我是不明白的，現在，我終於明白了。

　　你也跟我一樣嗎？

　　人類是有一種「自虐」的心理，貓才可以成為我們的「寵物」，不，是「朋友」，不，是‧‧‧

　　「主人」，嘿。

孤泣字

「他」住在荃灣；「她」住在柴灣。

今日，放低手頭上的工作，我由荃灣，去了柴灣看「她」。

他們，本來各不相干，互不相識，卻因為同樣被遺棄，而被一個奇怪的男人收養。「緣分」，也許將會把他們相連起來，然後一起… 共渡餘生。

你說「緣分」這東西，是不是很有趣的事？

孤泣

奴才的位置是我們的，我們才是BOSS！

「逃避你，愛是遙又遠得很，而我始終不敢靠近，還是不相信能和你合襯。」

偷看。

兩隻，好好味。

夕：「僖僖妳放心，我一定帶妳離開沖涼房！」
男女仔姿勢真的不同。

《夕夕的春天》

夕夕是一隻有性格的貓，起初我們把僖僖帶回來，打算為牠們配成一對。

但僖僖來到後，我們才發現不是找個女生給他就能湊合在一起的，夕夕這傢伙根本不懂少女心，而僖僖也懶得理他。

直到有天妹妹來了，我們就發覺妹妹總愛圍著夕夕轉。夕夕睡在窗邊，妹妹就跟著睡窗邊。夕夕去喝水，妹妹又跟著去。總之有夕夕的地方就會有妹妹的出現。

正所謂「女追男，隔層砂。」夕夕很快便被妹妹的熱情打動。

果然，少女都是愛大叔的。

員工ZITA字

一起吃、一起睡、一起生活。

我們都是這樣
一起生活的。

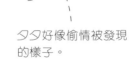

夕夕好像偷情被發現
的樣子。

兩個膠袋，玩了一整個下午，最便宜的快樂。

喂，你倆需要這麼痴纏嗎？

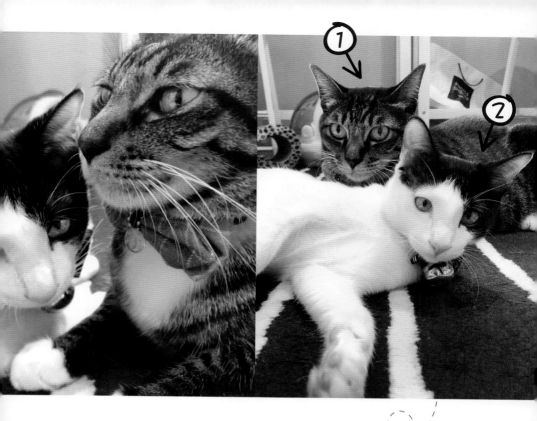

「全民造星」😺貓TV。一號尖耳仔夕夕&二號鬥雞仔哥哥。

四隻，更好味。

豆豉：「哥哥我們
來自拍一張！」

藍色＆紅色。

一雙一對

瞳瞳好迫呀，
我無位企喇！

夕夕發開口夢：「我要… 貓女… 女呀！」
哥哥：「⋯⋯」

其實是貓奴。

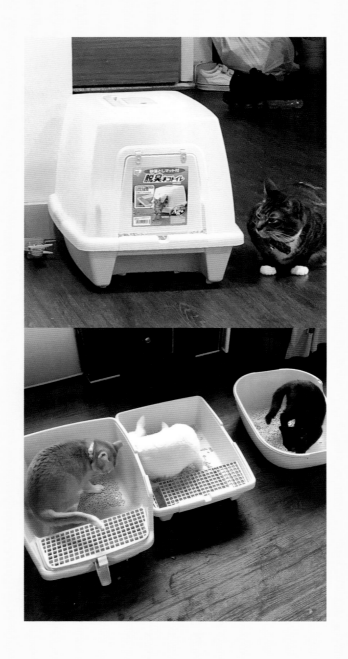

《貓砂的學問》

養貓的人總是自稱自己為「剷屎官」。

的確養貓的人除了要陪他們玩之外，更有一個重要的任務，就是清潔他們的廁所。

我們工作室的貓廁所都是用貓砂，要特別註明一下是用綠茶味道的豆腐貓砂，別的他們都不喜歡。夕夕初來的時候，剷屎官就曾因別牌子的貓砂減價而貪便宜買了另一種貓砂，最後得來的結果就是主子無聲的抗議。夕夕把貓廁所裏大半的貓砂潑了出來，更拒絕如廁，死忍爛忍就是死都不願廁。

有時候貓雖然不會說話，但他們的無聲抗議，總是會讓剷屎的我們束手無策，沒辦法的話就只好乖乖服從主子的命令吧。

員工ZITA字

夕夕心想：「佢都幾靚女，唔知佢鍾唔鍾意有啲啲肚腩嘅男人？」
瞳瞳心想：「巧似有人望住禾。」

妹妹：「這白雪雪的，是什麼東西？」

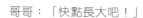

哥哥：「快點長大吧！」

「黑貓，總有一天，我會比你長得更高更大更強壯，黑貓，你可以跟我聊天嗎？」

瞳瞳對著影子說。

一星期後。

瞳瞳驚訝：「點解我個影自己走了出來！？」

瞳瞳：「豆豉仔，有咩唔識
我教你，姐姐保護你。」
豆豉：「哦。」

瞳瞳，其實妳都好似只係大
人哋20日左右......

從小就已經一起相處，
感情都特別別好。

砌咗張碌架床比佢地。

僖僖：「我想瞓上格床。」
瞳瞳：「禾都係。」
豆豉：「上格床係小朋友瞓架。」

亨…

亨…

一起吃飯，一起玩！

孤泣微小說《我們都是這樣戀愛的》 🖤🖤

序

「因為關係過亂的關係，所有關係都有關係。」

第一章 ·「誤會的愛」

瞳瞳心想：「有個男仔望住禾。」

豆豉心想：「點解佢個頭咁大？」

別人看妳多一眼，妳就想出一套韓劇來。

紙皮箱有什麼好玩？

孤泣微小說《我們都是這樣戀愛的》

第二章 ・「我來保護妳」

夕夕扮有型：「放心，我保護妳！」

妹妹心想：「其實我只係想影相企後啲個頭有咁大。」

「男生跟女生的想法不同，你永遠不知道她在想什麼。」

最大的與最小的。
最強的與最弱的。
最肥的與最瘦的。
貪睡的與活潑的。
有經歷的與沒經歷的。
男人與男仔之分別。

成長就是一種過程。

《員工跟貓貓的相遇2》

　　牠們喵喵叫的聲音，呼嚕呼嚕的撒嬌聲，把人的心都溶化。

　　要幫牠們剪指甲，擦眼睛實在不是易事，身上的傷痕就是我自豪的戰績（笑）。但原來花多一點時間，多一點愛心和耐性，一天比一天牠們就跟你相處得變親近了。

　　還有一點可愛的地方，就是偶爾開罐罐時，平常怕陌生的貓貓（哥哥和妹妹），都會突然變得跟你很親近，在你身邊底下轉來轉去，喵來喵去催促你「快點給我罐罐！」，那一刻如果你覺得心甜的話，你就承認吧！你絕對是一個名副其實的貓奴。

　　孤貓可愛之處就是你蹲下撫摸一隻，自然就有二、三隻過來討摸摸，那一刻你會發現四隻手都不夠用。由其是僖僖和豆豉。

　　一來到孤泣工作室亦是孤貓之家，你會很快發現夕夕是這裡的老大，其他貓貓都以牠為首，常常主動去撞牠，跟牠撒嬌。然後大老夕夕心情好的時候就會幫你舔舔毛，洗洗身，不喜歡的時候就跂腿走人，好有性格。

員工姬雪字

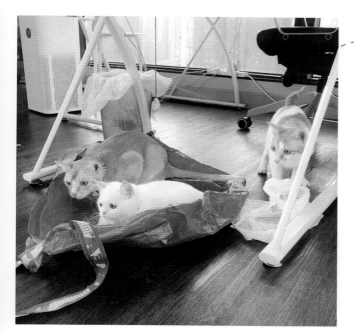

似唔似妳哋？

僖僖：「前面條仔好似幾得。」
瞳瞳：「禾麻麻地，肥咗小小。」
妹妹：「唔係呀，我覺得幾MAN喎。」
僖僖：「佢行埋嚟喇，唔好講喇！」

似唔似你哋？

夕夕：「前面條女好似幾得。」
哥哥：「對腳唔錯呀。」
豆豉：「你哋又咪係得個睇字。」
夕夕：「收嗲啦嘵仔！」

你有沒有試過同一隻貓剪指甲同沖涼？
你有沒有試過同六隻貓剪指甲同沖涼？
你有沒有試過同六隻全力反抗的貓剪指甲同沖涼？

六小時終於完成。

而我的工作是在玻璃窗外面大叫：「放開佢！快放
佢出嚟！我係嚟救你架！」

今晚，一百個罐罐。

瞳瞳之出浴～喵～

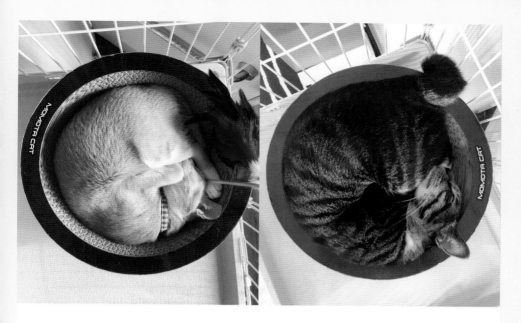

JUST FIT　　　　　**TOO BIG**

就如妳家很久沒穿的褲子..........

我們都是這樣睡覺的。

自從，瞳瞳個影自己
走了出來之後，現在
有四個朋友了。

由細玩到大，感情會
好好多，兩小無猜就
是這樣練成的。

黑貓隊
夕夕 & 豆豉

橙貓隊
僖僖 & 妹妹

白貓隊
哥哥 & 瞳瞳

第一屆

「誰跳上孤泣張枱最多比賽」

他們經常阻礙我寫小說，有鑒於此，現舉辦首屆「誰跳上孤泣張枱最多比賽」，
為期六天，那一隊才是「誰跳上孤泣張枱」之王？

緝兇遊戲。從表情、
眼神與身體動作看出
誰打翻了水杯？

A疑犯 豆豉：「…」
B疑犯 瞳瞳：「都唔
關禾事。」

「夏天打到飛天，
冬天相擁入眠。」
你有沒有吃過「芝
麻糊豆腐花」？

請在六秒內，找六隻貓，遊戲現在開始，
六、五、四………

我同事買了一個超細貓籠回來，我用一隻
貓公仔示範了一次。

我說：「喥，如果你哋再肥落去，就好似
隻肥貓公仔一樣卡住架喇！」

然後‥‥全部貓走開了。

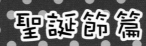

聖誕節篇

這套「聖誕老人套裝」(加生命值↑50)，
只有「一隻貓」願意穿上，你猜是那隻？

豆豉戴上聖誕帽後，樣子好像死了主人一樣悲傷，而且頭太細，身體太細隻，「聖誕老人套裝」(加HP值↑50)穿上去就被他從後脫了，所以願意穿上套裝的，不是他。

瞳瞳戴頂聖誕帽已經黑口黑面，所以，願意穿上「聖誕老人套裝」(加HP值↑50)的貓，不是她。

哥哥這個「你試下戴頂聖誕帽落嚟睇下有咩後果」眼神好明顯「聖誕老人套裝」沒法穿在他的身上，所以，也不是他。

傳傳戴聖誕帽的方法非常獨特，因為她戴上後會不斷搖頭，「聖誕老人套裝」根本沒法穿在她的身上，所以願意穿上套裝的，也不是她。

妹妹，對不起，我連接近她也不行⋯⋯絕對不是她。

豆豉：
「瞳瞳妳看什麼？」

瞳瞳：
「我看到我們的未來。」

豆豉：
「那妳看到什麼？」

瞳瞳：
「‧‧‧‧罐頭。」

PACK箱了，送人了，
他們已經咬爛我三本
新書，誰要？給我地
址寄過去。

豆豉仔你唔洗驚，姐姐教你
點追瞳瞳。

嬲你，唔同我玩膠袋。

唔好嬲，豆豉錫返。

瞳瞳話好多口水。
兩小無猜。

水瓶座的哥哥妹妹，
一歲大了！

妹妹打爛個水樽，正當我想看
看她有沒有受傷之時，她以為我罵
她，立即躲在夕夕身後，而夕夕用
他好MAN的眼神，好像跟我說⋯

「你唔好蝦我女人。」

夕夕真係好有型。

我：「妳們是誰咬爛我本智能生物？！」
妹妹：「不關我事，是瞳瞳。」
瞳瞳：「我見到妹妹咬。」

兇手是誰⋯⋯

黑貓隊
夕夕 & 豆豉

橙貓隊
僖僖 & 妹妹

白貓隊
哥哥 & 瞳瞳

第一屆「誰跳上孤泣張枱最多比賽」最後結果：白貓隊 32次
　　　　　　　　　　　　　　　　　　　　橙貓隊 31次
　　　　　　　　　　　　　　　　　　　　黑貓隊 30次

白貓隊以一跳之差，勝出比賽！這個故事教導我們，就算遇上笨豬
一樣的隊友，也別要放棄！

我：「你們有什麼得獎感受？」
瞳瞳：「罐罐。」
哥哥：「發生什麼事？」

六天跳接近一百次上我張枱，你想想他們會有幾干擾我？不過‧‧‧
是「快樂的干擾」，嘿。

介紹返，我家吳彥祖、
金城武同古天樂。

有一種關係，情人節從來
也不需要慶祝，依靠在彼
此的身邊，就好了。

情人節快樂。

經雙方家長(即是我)深思熟慮、徹夜思量同意之下，瞳瞳與豆豉結婚 了，即是說，他們將會有…

擺酒早啲到，人情要罐罐。

🐾《養貓前須知》

　　有時在網上看到的評論很極端，我覺得不是每一件事也是「非黑即白」，所以我想寫比較「中肯」的「養貓前須知」。跟貓相處最有趣的地方，無論你是奴才還是主人，你跟貓最重要的是四個字⋯⋯

　　「共存生活」。

　　一、不是裝窗網的人就是愛貓，同時也不是不裝的人就是虐畜。養貓前，你先要知道，如不安裝窗網，你可能十幾年也不能打開家中的窗(這方面沒有灰色)，因為貓真的會因好奇而跳樓。但我不覺得絕對要裝，但你要跟家人與自己說，貓是一隻有血有肉的生命，如果你愛牠，你就要承諾就算不裝窗網，也不能隨隨便便去打開窗，因為你愛牠，不想牠高處墮下而失去一位「家人」。

　　二、你可能會看到網上討論區的貓都很可愛，很想養一隻貓，但你先要知道，領養的貓不一定會非常聽話，有時還會破壞你深愛的物品、四處小便等等，你需要用很多很多時間去教育牠，而且也未必可以教得聽，你更需要的是「包容」。你先要想想，每天在工作上已經遇上很多煩惱的事、仆街的人，如果你回到家見到被破壞的物品時，你會有什麼反應？你要有某程度的EQ，想想自己可不可以包容這些事發生。

　　三、同上一點，你看到別人的貓都很親人、很黏人，但貓這一種動物，未必「每一隻」也是這樣，你要明白「共存生活」的概念，就是「我們不會強迫貓做一些牠不喜歡的事」，所以，領養前，你先要有一個心理準備，如果牠是喜歡獨來獨往的貓，你也不能不愛牠、強迫牠。牠鬧情緒時，你要呵護牠，先想想，自己有沒有這種耐性去照顧牠，當牠是自己最親的親人，最愛的伴侶。

　　四、買貓。我不去評論子華神金句：

「搵食啫，犯法呀？」，但首先，你要絕對地知道，貓的「價值」不是「價錢」，而是跟你一起生活的「經歷」與「回憶」，別人買貓是別人的事，他對主子好也不是一件壞事。但不代表你也需要「買貓」。因為養貓前，除了是「你想養一隻貓」的想法以外，有一個更更更重要的想法，就是「給一些不幸的生命一個幸福的家」。「買貓」我不能說完全是錯，但「領養」絕對是對的。

五、絕育。我可以肯定跟你說，未養貓之前，我是反對動物絕育，你有看過我的《低等生物》就會明白。不過，我養貓之後，說通了固執的自己。我想法是這樣的，我們不能大仁大義地說「我是為牠好」、「牠會少很多病」等等說話去美化人類的想法，我們絕對是「為自己好」。如果我有能力養一百隻貓、一千隻貓，絕對不會「絕育」，就因為我們「沒能力」，才要替貓絕育。所以，在養貓之前，你要先想想有沒有「能力」，如果沒有，絕對要做絕育。是我們負了牠，所以我們需要更愛牠。

六、養貓之前，要想未來，用自己的年齡去計算最實際。比如你是一個二十歲的人，我假設貓有十五年的生命，牠會陪到你三十五歲；如果你現在是三十歲，牠就會陪伴你走到四十五歲，你要先想想，四十五歲前，你真的有「能力」去面對非常繁忙的人生，同時要照顧一隻可能已經年老有長期病患的貓？你先要問問，你是不是有這樣的能力。

七、想想現今社會一件很重要的「事情」，例如「世界上沒有網絡給你分享你可愛的貓相片、影片，你還會對你的主子好嗎？」。假設，世界上只有你知道自己養了一隻貓，你還會同樣的愛牠嗎？這個問題比較哲學性，但的確在現今社會非常重要，如果只是想炫耀一下「我有一隻可愛的貓」，其實並不適合養貓。你想想，會不會是因為這原因而想養貓？當然，如果你是非常愛自己的主子，是很值得炫耀的。

八、你必定必定必定必定要跟自己說「棄養的人必遭天譴」，會一世行衰運，女的生仔會爛產、男的又早洩又陽萎，有幾惡毒就有幾惡毒，如果你不想做「自己認為最仆街的人」，你不能棄養。沒有灰色地帶，養貓前你必需要知道，牠是陪你一世的動物，跟你「共存生活」的家人。

想想、想想、想想、想想、想想、問自己、問自己、問自己、問自己‥‥

我不知打了幾多的「想想」、「問自己」，因為養貓從來也不是貓的選擇，而是人的選擇，「你自己」的選擇，所以你要不斷去「問自己」。如果以上「養貓前須知」你也有真正的去想過，也絕對可以做到，別要猶豫，去領養一隻貓貓吧，給牠幸福。

同時，牠也可以給你幸福的感覺。

「你是牠世界的所有，請學會遷就與接取。」

孤泣字

作者
孤泣

封面/ 內文設計
Baikin Lee

出版
孤泣工作室
新界荃灣灰窰角街6號 DAN6 20樓A室

發行
一代匯集
九龍旺角塘尾道64號龍駒企業大廈10樓B & D

承印
美雅印刷製本有限公司
九龍觀塘榮業街6號海濱工業大廈4字樓A室

出版日期
2019年7月

ISBN
978-988-79447-5-1

ray.lwoavie.com